Quickies*

*in Bern läuft alles unter Quickie, wofür man nicht extra einen Tag frei nehmen muß

Impressum:
Copyright©2001 Christian Überschall
Titelgraphik und Layout: Philipp Luy
Illustration: Andreas Otto
Umschlagfoto: Riccardo Desiderio
2. Auflage 2001
Anderland Verlagsgesellschaft mbH
Barerstr. 65, 80799 München
Nachdruck auch auszugsweise nur mit Genehmigung des Verlags
ISBN 3-935515-00-6

Christian Überschall
Quickies

Aufzeichnungen eines Stadtteilneurotikers

Der Autor

Christian Überschall stammt aus dem Berner Oberland. Er lebt seit über 30 Jahren in München und ist seit 25 Jahren mit einer Magdeburgerin verheiratet („....ich hatte damals gehofft, dass dann nicht ständig Verwandschaft auf der Matte steht; auch ich habe geweint, als die Mauer gefallen ist!").

Er bezeichnet sich selbst als „der älteste Nachwuchskabarettist im deutschen Sprachraum, da er das Kabarett erst als 45-jähriger Steuerberater entdeckt hat. Als sich die Frage nach einem Umstieg stellte, haben ihm eigentlich alle abgeraten, ausser seinen beiden Mandanten. Inzwischen hat er sich mit bisher sechs Programmen (siehe Seite 82) eine bescheidene Reputation (... der neue Emil ...) erarbeitet.

Dieses Buch beinhaltet einen kleinen Ausschnitt aus seiner „Irgendwie witzig" Kartei, die er in den zwölf Jahren seiner Kabarettistenlaufbahn zusammengetragen hat. Um sicherzustellen, dass keine Idee verloren gehen konnte, ging er nie ohne Bleistift und Papier aus dem Haus und nie ohne Sekretärin ins Bett.

Für Daniel

Vorwort

Die Frage, die sich als erstes stellt, lautet: Heisst es eigentlich „der Quickie" oder „das Quickie"?
Ich glaube, hier können wir ausnahmsweise von den Bayern lernen, da heisst es nämlich „des Quickie" und läuft wie folgt ab:

Er: „Geht was?"
Sie: „Jo freili!"
Er: „I kimm glei!"
Sie: „Passt scho!"

Es sind zwei Dinge, die mich am Quickie faszinieren: Zum einen widerlegt es das auf der Liste der abgedroschenen Zitate ziemlich weit oben rangierende „Der Weg ist das Ziel", und zum andern maximiert es den Genusskoeffizienten = Intensität / Zeitaufwand.

Dieses Buch stellt den Versuch dar, das Quickie-Prinzip auf das Lesen zu übertragen: Hoher Lesegenuss mit minimalem Zeitaufwand, mit möglichst wenig Worten möglichst viel sagen, im Idealfall in einem Satz eine Geschichte erzählen!

Merci vielmal

Ich bedanke mich herzlich bei Fabian Bautz,
Roger Houghton, Hermann Knauer, Olaf Neumann,
Heidi Sorg, Florian Voigt und Mani Zmarsly für ihre
konstruktiven Kommentare, bei Philipp Luy für die
Rund-um-die-Uhr-Betreuung und ganz besonders bei
Holger Paetz für Feinschliff und Pointenveredelung.
Und natürlich bei denjenigen, die es vorgezogen
haben, hier nicht namentlich erwähnt zu werden und
sich dies auch einiges haben kosten lassen.

Inhalt

Auto	1
Autobio(grafisches)	6
Computer	10
Das nervt	11
Deutsch	12
Ehe	18
Einsamkeit	22
Erkenntnisse	23
Familie	24
Fitness	25
Fragen	26
Fussball	30
Gastronomie	32
Gesichtsausdruck	34
Gute alte Zeit	36
Glück	37
Hotel	38
Humor	40
Kindheit	44
Kino	46
Kochen	47
Kommunikation	48

Inhalt

Loser	49
Mann/Frau	50
Musik	53
Neurotisch	54
Oralsex	56
Parties	57
Porno	58
Prognosen	59
Pubertät	60
Schon mal aufgefallen	61
Schüchtern	62
Seitensprung	64
Seltsam	66
Sex	67
Sparsam	68
Sport	70
Superman	71
Telefonieren	72
Vergleiche	76
Verliebt	77
Warum	78
Zuzibilität	80

Auto

Ist Ihnen schon mal aufgefallen, dass nur Männer nach dem Tanken den Einfüllstutzen abschütteln? (Was machen Frauen? Abtupfen!)

Hinter dem Lenkrad gibt es keine Toleranz. Jeder Langsamere ist ein Lahmarsch und jeder Schnellere ein Bekloppter! Und an den Gleichschnellen gibt es zumindest optisch etwas auszusetzen (...wenn das Ding nicht neben uns herfahren würde, hätte ich gesagt: Totalschaden)

Neulich kam im Autoradio mitten in einer Modern-Talking-Nummer plötzlich folgende Nachricht: „Diese Meldung wird das Leben der Menschheit für mehrere Jahrhunderte verändern..." Dann kam leider ein Tunnel, und als er zu Ende war, lief wieder Modern Talking.

Was beim Autofahren in der Stadt nervt: Dass man kurz vor jeder Ampel vom gleichen Radfahrer überholt wird.

Auto

Ein alter Hut ist die Theorie, dass schlechte Fahrer daran erkennbar sind, dass sie einen Hut tragen, und zwar genau mittig. Ein zuverlässigeres Indiz dafür, dass man einen Sonntagsfahrer vor sich hat: Vier Leute sitzen im Auto und alle schauen beim Rückwärtsfahren sehr konzentriert nach hinten.

Ich will nicht sagen, dass er ein schlechter Autofahrer ist, aber wenn ihm andere zuwinken, dann meistens nur mit einem Finger!

Für den letzten Liter braucht man beim Tanken immer wesentlich länger als für den ersten, speziell diejenigen Fahrer, die dann noch drei Minuten die Tanksäule mit ihren Verbrauchsberechnungen und Eintragungen ins Fahrtenbuch blockieren. Es sind die gleichen Fahrer, bei denen das Auto-saubermachen erst nach Passieren der Waschanlage so richtig losgeht.

Auto

Selber tanken ist sehr demokratisch. Ein Mann mit einem Jahreseinkommen von 500 000 DM tankt bei minus 20 Grad, während ihm eine 630-DM-Aushilfe aus dem geheizten Kassenraum zuschaut.

Das Auto war so klein, es war mehr ein motorisiertes Nummernschild. Der Zigarettenanzünder diente gleichzeitig als Heizung. Und das Radio konnte nur Kurzwellensender empfangen.

Beim Autofahren muss man - wenn man jemanden dabei hat - einen Furz immer solange unterdrücken, bis man zufällig an einer Kläranlage vorbeifährt. Das hat mich schon einige Umwege gekostet! Übrigens: was passiert eigentlich mit einem Furz, den man unterdrückt?

Auto

Mein Auto ist gerade zum „Auto des Jahres" gewählt worden. Von der Automechanikerinnung! (Meister bei der Ausbildung: So, heute üben wir das Kopfschütteln nach Öffnen der Motorhaube!)

Guter Trick beim Gebrauchtwagenkauf: Immer am Fahrersitz rütteln, der ist garantiert etwas locker!

Wenn man seinen Kindern das Auto leiht, fehlen garantiert hinterher die Parkmünzen und die wichtigste Seite im Stadtatlas. Und ausserdem haben sie ein unglaubliches Talent, mit dem letzten Tropfen Benzin in die Garage zu kommen.

Fährt man rückwärts an den Baum, verklemmt sich gern der Kofferraum.

Auto

Durch nichts wird die Fahrweise so schnell und so nachhaltig beeinflusst wie durch die Entdeckung eines Polizeiautos im Rückspiegel.

Eine Tankfüllung kostet mich genau so viel wie vor zwanzig Jahren, allerdings fahre ich jetzt ein Motorrad.

Gut, dass so viele Autos herumfahren, sonst gäbe es noch weniger freie Parkplätze.

Selten, aber gefährlich: Eine Frau am Steuer, die mit drei Freundinnen unterwegs ist. Weil Frauen sich immer anschauen beim Reden (ausser beim Rückwärtsfahren, da schauen alle nach hinten)!

Ich fahre abwechslungsweise einen Jaguar und einen Mustang. Leider kann ich die beiden nicht unbeaufsichtigt alleine in der Garage lassen.

Autobio

Bevor ich mich nach einem Arbeitszeitenvergleich vom Steuerberater zum Kabarettisten umschulen liess, war ich in den verschiedensten Branchen tätig:

Als Student hatte ich bereits eine Führungsposition inne. Ich war Platzanweiser in einem Kino. Als ich nach Deutschland kam, habe ich als erstes für eine Metzgerei in Altötting gearbeitet: Ich habe die Pferde hingeritten und bin mit dem Zug zurückgefahren.

Meine seltsamsten Jobs:
- Sonnenuhren auf Sommer- bzw. Winterzeit umstellen
- Kontaktlinsendesigner (u.a. Kontaktlinsenmonokel)
- Hausdetektiv in einer Lottoannahmestelle

Am wenigsten erfolgreich war ich als Animateur in einem Ferienclub. Nachdem ich um zwei Uhr nachts über die Lautsprecheranlage die Botschaft „Es hat doch alles keinen Sinn!" verbreitet hatte, wurde ich am nächsten Tag fristlos entlassen.

Autobio

Für meinen IQ müssten andere zusammenlegen. Allerdings ist er ziemlich labil.

Wenn ich mein Leben noch einmal von vorne leben könnte, würde ich eigentlich alles gleich machen, ausser einem: Ich würde das Gesamtwerk von Hera Lind etwas selektiver lesen.

Neulich hat mich eine Casting Agentin angesprochen. Sie suchte jemand für eine Antidepressivum-Werbung. Für das „Vorher" Foto!

Ich bin früher sehr oft um die Häuser gezogen – immer dann, wenn ich meine Wohnung nicht mehr finden konnte.

Ich bin Optimist, aber ich bin mir nicht sicher, ob mein Optimismus gerechtfertigt ist.

Autobio

Am liebsten gehe ich mit meiner Ex-Frau aus.
Sie weiss bereits, dass ich ein Versager bin.

Mein Leben verläuft ziemlich eintönig: Weihnachten/Neujahr, dann im April die Winterreifen runter, ein paar verregnete Grillparties, im November die Winterreifen wieder drauf und dann ist schon wieder Weihnachten.

Ich brauche nur drei Stunden Schlaf pro Tag, allerdings brauche ich weitere neun pro Nacht.

Technisch bin ich eher unbegabt. Ich bin schon froh, wenn es mir gelingt, eine Toilettenpapierrolle zu wechseln, ohne dass etwas zu Bruch geht.

Autobio

Ich bin gerade mit meinem ersten Roman fertig geworden. Jetzt lese ich halt noch einen.

In letzter Zeit brauche ich manchmal die halbe Nacht, um einzuschlafen. Wenn ich dann endlich einnicke, träume ich während der restlichen Nacht, dass ich nicht einschlafen kann.

Ich bin mit meinem Leben im grossen und ganzen zufrieden. Ausser dass ich lieber jemand anderes gewesen wäre.

Ich bin ein sehr markentreuer Mensch. Seit 20 Jahren benutze ich die gleiche Zahnpasta: Ajona. Jetzt ist die erste Tube bald leer.

Ich werde wahrscheinlich nicht umhinkommen meinen Therapeuten zu erschiessen. Er weiß einfach zuviel!

Computer

Wenn man mit einem Computerfreak telefoniert, ist er nie ganz Ohr (ausser es geht um Computer), weil er gleichzeitig ein Game am Laufen hat oder irgend etwas runter- oder reinlädt.

Die Zeit, die man mit Hilfe von Computern spart, kann man sehr sinnvoll einsetzen: Um sich auf dem Laufenden zu halten über neue und bessere Computer, von der Software ganz zu schweigen!

Faszinierend, wie die Geräte immer kleiner werden. Jetzt müsste ich nur noch meine Finger verkleinern!

Computerfreaks werden immer attraktiver für Frauen: sie können stillsitzen und den Eindruck erwecken, dass sie zuhören. Und im Schein eines Bildschirms sieht jeder gut aus.

Das nervt

Da flippt sogar ein Schweizer aus:

- wenn das schwarze Dach seines neuen BMW-Cabrios von einem grösseren Vogel verunziert wurde (Grösse: Inhalt eines Joghurtbechers)

- wenn er in der Leitung hängt und sich zum achtzehnten Mal die Computerversion von Mozarts G-Moll-Symphonie anhören muss (unterbrochen von gelegentlichem Klicken in der Leitung), während eine übereifrige Telefonistin alle Hebel in Bewegung setzt, um die im Haus umherschwirrende Person zu finden, der man nur etwas ausrichten wollte

- wenn ein Kellner, der seinen Blick schweifen lässt, immer ganz knapp vor dem entscheidenden Moment abdreht, und zwar auch dann, wenn man mit den Armen rudert wie ein Schiffbrüchiger

- wenn ein überquellender Leitzordner mit verbogener Mechanik runterfällt und aufspringt

Deutsch

Das verniedlichende „-i" am Schluss eines Wortes hat für mich im Deutschen immer etwas befremdendes, nicht artgerechtes, speziell bei Vornamen von erwachsenen Männern, wie in „der Hansi", „der Wolfi" oder „der Fritzi". Dieses -i klingt einfach zu weich für eine Sprache, für die Worte wie Schmetterling, Krupp-Stahl und Brustwarze typisch sind.

Tolerierbar ist es allenfalls in Bayern: „da Seppi" (nicht zu verwechseln mit einem italienischen Lokal) oder „da Luggi" („da Lugg" würde einfach blöd klingen) sind ok, weil das inhärent depperte dieser Vornamen noch besser zur Geltung kommt.

Jenseits von gut und böse sind Menschen, die „Tschüssi" oder – noch schöner und gerade dabei, sich einzubürgern – „Tschaui" sagen.

Deutsch

Ich habe den Eindruck, dass Stilblüten auf dem Vormarsch sind. Eine Fundgrube sind Interviews mit Menschen, die nicht gewohnt sind, in ein Mikro zu sprechen oder Fussballer, die zu viele Kopfbälle gespielt haben:

- man sollte das nicht so hochsterilisieren

- das ist ein starkes Ei, das setzt dem Fass glatt die Krone auf

- die Preise waren astrologisch

- ich bin zu diesem Job gekommen wie das Kind, das in den Brunnen gefallen ist

- einer gestochenen Tarantel schaut man nicht ins Maul

Aber vielleicht sollte man das nicht so leger sehen und nicht jede Aussage auf die bare Münze legen. Man muss auch mal alle Viere grade sein lassen können, bevor der Boomerang nach hinten losgeht.

Deutsch

Es kommen immer mehr Worte in Umlauf, deren zeitgeistige Anmutung mich jedesmal von neuem beeindruckt. Kleine Kostprobe:

- im Vorfeld etwas andenken

- Erfahrungshorizont

- Kernkompetenz

- Synergien bündeln

Diese Sprachbausteine sind überall auf dem Vormarsch. Wenn man im Lifestyle-Lokal* den Satz „Durch ein Nebeneinander von Schwerpunkten soll ein Standortdefizit abgebaut werden..." aufschnappt, kann das sein: a) ein Kellner, der Nida-Rümelin die Philosophie des Hauses erklärt; b) ein Halma-Champion, der auf einen potentiellen Sponsor einredet; c) Nida-Rümelin, der einem Kellner die Philosophie seines Rümelin erläutert.

---

* Typ "Neue Sachlichkeit", d.h. kleine quadratische Tische, eng aneinander gereiht, so dass sich auch entferntere Gespräche für einen kleinen Lauschangriff eignen.

Deutsch

Ein weiterer Trend ist das Umschreiben von Zuständen durch die biochemische Ursache:

Früher	Heute
„Ich habe Hunger"	„Ich habe Unterzucker"
„Ich bin glücklich"	„Ich habe gerade Glückshormone ausgeschüttet"
„Wir verstehen uns gut"	„Die Chemie stimmt"

Auch im Sport gibt es einen Hang zur Umschreibung. Wenn es früher hiess: „Ballack hat miserabel gespielt" heisst es heute: „Ballack konnte sein Leistungspotential nicht voll abrufen."

Kleine Beobachtung am Rande: Leute, die öfter die Worte „bräsig" und „präpotent" verwenden, sind es meistens selber. So können Worte abfärben.

Diverses

Heute war ich in meiner schwarzen Wildlederjacke im Drogeriemarkt und schaute mich suchend um. Worauf eine Verkäuferin auf mich zu kam und fragte: „Kann ich Ihnen helfen? Sie suchen bestimmt ein Schuppenshampoo!"
„Nein, ich habe gehört, sie hätten auch Studentenfutter!"
„Ja natürlich, wenn ich Ihren Studentenausweis mal kurz sehen darf?"

Gibt es eigentlich noch mehr Leute, die sich schon mehrmals vorgenommen haben, mit dem Auto die Entfernung zwischen Wohnung und z.B. Arbeitsplatz zu messen und jedesmal vergessen, am Ziel nochmal auf den Zähler zu schauen?

Wenn ich Country Music höre, bin ich froh, dass ich in der Stadt wohne!

Ich liebe Tiere, aber nur platonisch.

Diverses

Wenn ich mich in einer Singles Bar umschaue, dann habe ich das Gefühl, dass man mit Kosmetik- Bier- und Whiskyaktien nichts falsch machen kann.

Angeblich schwimmen Männerleichen mit dem Kopf nach unten, Frauen nach oben. Neulich wurde eine schwimmende Leiche in Seitenlage gefunden: Offenbar transsexuell!

Ein Angler muss mit zusammen gebundenen Händen seinen letzten Fang beschreiben:
„...der hatte so grosse Augen!"

Am Konferenztisch in unserer Firma können bis zu 20 Personen vor sich hindösen.

Manchmal versuche ich mir vorzustellen, wie das wäre, wenn Bio und Augenthaler sich küssen würden, aber ich lasse dann schnell wieder davon ab.

Ehe

Die Ehe ist die einzige, wenn nicht sogar die beste Methode für zwei erwachsene Menschen, sich wirklich kennen zu lernen.

Ich finde, Hausarbeit gehört aufgeteilt. Zwischen Ehefrau und Zugehfrau.

Ich bin ja äusserst kooperativ, was Hausarbeit betrifft: Es würde mir z.B. nie einfallen, meine Kaffeetasse nach Gebrauch einfach in diese... äh... Vertiefung, also ich meine Spüle zu stellen, ohne sie vorher mit Wasser zu füllen.

Wir würden nie bei -20 Grad Schneeketten aufziehen, ohne dass ich meiner Frau vom Beifahrersitz aus die Gebrauchsanweisung vorlese. Nun ja, die Leselampe ist nun mal auf der Beifahrerseite...

Ehe

Deutsche Ehefrauen sind die besten der Welt. Ich weiss, wovon ich spreche, ich war mit dreien verheiratet! Von der ersten Hochzeit habe ich Dias, von der zweiten einen Schmalfilm, und von der dritten ein analoges Video, d.h. es müsste sich bald wieder etwas tun...

Meine erste Frau war sehr protektiv. Ständig dieses „Zieh dir was Warmes an!" Warum musste sie sich andauernd um meinen Wärmehaushalt kümmern statt um meinen Hormonhaushalt?

Ich habe meiner Frau gleich nach dem Standesamt klar gemacht, wer der Boss ist: Ich habe ihr tief in die Augen geschaut und gesagt: Du bist der Boss!

Wenn sie mich wirklich geliebt hätte, hätte sie einen andern geheiratet.

Ehe

Das Konzept der Ehe „Ich möchte mit dir schlafen bis ans Lebensende, und nur mit dir, und wenn wir uns vorher trennen, bekommst du meine ganze Kohle!" klingt irgendwie nicht nach einer Männeridee.

Meine Frau vertritt die Theorie, dass Kommunikation in der Ehe sehr wichtig sei, deshalb hängt sie den ganzen Tag am Telefon. Wenn bei ihr ein Gespräch nur zehn Minuten dauert, dann weiss ich: sie hat sich verwählt!

Ihr Vater hat versucht, unsere Ehe zu verhindern. Leider war er nicht hartnäckig genug.

Die Entscheidung für eine bestimmte Bettseite ist i.d.R. irreversibel, deshalb sollte man auf den Fernsehwinkel achten.

Wir tun alles, um unsere Ehe intakt zu halten: getrennte Wohnungen mit je zwei Fernsehern, damit es keinen Streit gibt, wenn wir einen gemeinsamen Abend verbringen.

Ehe

Einer unserer häufigsten Streitpunkte war, wer den letzten Streit wann und warum angefangen hat. Aber ich hatte immer das letzte Wort. Ich musste mich immer entschuldigen.

Wir sind eigentlich nur wegen unseres Sohnes zusammen geblieben. Er möchte Eheberater werden.

Die Männer, die den Namen ihrer Frau annehmen, werden meistens am schnellsten verlassen.

Platonische Liebe zwischen Mann und Frau ist möglich, speziell wenn sie miteinander verheiratet sind.

Ein Minimum an Diplomatie ist auch in einer Ehe unabdingbar. Man sollte z.B. am Muttertag beim Studieren der Speisekarte im Restaurant nicht fragen: „Was darfs denn sein, Pummelchen?" Und hinterher nicht getrennte Rechnungen verlangen.

Einsamkeit

Es gab eine Zeit, da war ich so einsam, da bin ich alleine zum Kegeln gegangen. Das war schon ziemlich trostlos, so zwischen zwei Bahnen, die von gelinde gesagt wahnwitzig aufgekratzten super-gut-drauf-Gruppen (früher hiess das „kregel") bespielt wurden.

In solchen Situation telefoniere ich dann ab und zu mit dem Handy. Das hat den Vorteil, dass ich ein paar Mitteilungen auf meinem Anrufbeantworter habe, wenn ich nach Hause komme. Eigentlich bräuchte ich gar keinen Anrufbeantworter. Genau genommen bräuchte ich nicht einmal ein Telefon!

Der Vorteil des Alleinausgehens ist, dass man nicht ständig von Rosenverkäufern belästigt wird. Am liebsten gehe ich übrigens am Donnerstag weg. Da wechseln die Lesezirkel immer die Zeitschriften.

Erkenntnisse

Das Leben ist wie ein mittelmässiger Film. Man will nicht mittendrin rausgehen, aber man möchte ihn auch nicht unbedingt zweimal sehen.

Nichts ist idiotensicher, weil Idioten ziemlich erfinderisch sind.

Ein Geheimnis ist etwas, das man nur unter vier Augen weitererzählt.

Kitsch ist das, wo man aufpassen muss, dass es einem nicht gefällt.

Der Vorteil der Intelligenz ist, dass man sich dumm stellen kann.

Familie

Ich bin in einer total aggressionslosen Familie aufgewachsen: Das Aggressivste, was bei uns zu Hause abgelaufen ist, war eine Partie Scrabble, und selbst da hat man dem Gegner noch geholfen (statt ihm beim Aufheben eines Klötzchens auf die Finger zu treten)!

Ich habe lange nach einer Frau gesucht, die kochen kann wie meine Mutter. Als ich eine fand, sah sie aus wie mein Vater. Ich habe dann beim Kochen Abstriche gemacht. Jetzt habe ich die einzige Frau, die einen Pudding so zubereiten kann, dass man beim Essen Zahnfleischbluten bekommt.

In unserer Familie gibt es eine Tradition, wonach man einen Beruf wählt, bei dem man die Ehefrau mitnehmen kann. Mein Vater z.B. war Taxifahrer.

Fitness

Ich bin fanatisch, was Fitnesstraining anbetrifft:
Ich tue alles, um es zu vermeiden (ausser Laubsäge-
arbeiten, die Uhr aufziehen, Kaugummi kauen,
zehn tiefe Glimmzüge am offenen Fenster nach dem
Erwachen und die Prospekte aufheben, die aus der
Zeitung herausfallen).

Nachdem mir die Hauptrolle in der Schweizer
Version von „Conan der Barbar" = „Wilhelm Sprüngli,
der Unhold" angeboten wurde, musste ich mein
Training wohl oder übel intensivieren. Leider gab es
den Treppensteigsimulator, den ich kaufen wollte,
nur ohne Geländer, und das war mir zu gefährlich.

Ich habe mir dann so ein Heimtrainingsfahrrad
zugelegt. Da hat meine Frau gesagt: „Klasse, könntest
du da noch einen Seitenwagen für mich besorgen?"

Fragen

- Wenn einmal alles wieder beim Einzeller anfängt, wie lange wird es wohl dauern, bis es wieder Drei-Wetter-Taft gibt?

- Wo verstecke ich meine Geheimzahl, und welche Massnahmen treffe ich, damit ich nach drei Monaten noch weiss, wo ich sie versteckt habe?

- Wie reagiert man eigentlich, wenn auf einer kurvenreichen Strasse ein Steinschlagschild auftaucht? Beschleunigt man, um die Gefahrenzone möglichst schnell hinter sich zu bringen, oder bremst man ab, weil Steine auf der Strasse liegen könnten? Oder wartet man, bis das Schild von einem Felsbrocken „versetzt" wird?

- Warum ist die Dunkelziffer eigentlich immer höher als die amtliche Zahl?

Fragen

- Welches Handtuch benutzt man eigentlich, wenn man sich in einer fremden Wohnung im Bad die Hände gewaschen hat? Laut Knigge nimmt man den i.d.R. schlapp an der Tür hängenden Bademantel, falls man noch eine saubere Stelle findet.

- Ob es im Polnischen Zungenbrecher gibt?

- Wie war es eigentlich früher? Wenn tatsächlich, wie seit Urzeiten behauptet wird, alles besser war, dann muss es irgend einmal wahnsinnig gut gewesen sein!

- Gilt das Höchstgewicht bei Postsendungen eigentlich inkl. des Gewichts der Briefmarke zuzüglich Speichel?

- Wenn ich mein Spiegelbild fotografiere: stellt die Kamera die Entfernung bis zum Spiegel oder bis zum Spiegel und zurück ein?

Fragen

- Ob der Papst, wenn er ein Land besucht, seinen Pass immer dabei hat?

- Was hat man eigentlich auf Radarschirmen beobachtet, bevor es Flugzeuge gab?

- Wenn ich in einer klaren Nacht zum Firmament hochblicke, frage ich mich jedesmal: Gibt es intelligentes Leben da draussen, oder sind die genau so wie wir?

- Wie kommt es, dass immer gerade soviel passiert, dass die Zeitungen davon voll werden?

- Wie lange kann man einen Orden, der einem verliehen wurde, eigentlich behalten?

Fragen

- Wer war eigentlich der erste Mohikaner?

- Ist es eigentlich zuviel verlangt, wenn man am Anfang des 21. Jahrhunderts gerne streichfähige Butter auf den Tisch bekommen würde?

- Was macht eigentlich der andere, wenn ein Synchronschwimmer ertrinkt?

- Ich frage mich immer wieder, warum alte Witze oft die besten sind. Die Antwort ist simpel: Deshalb sind sie alt!

- Kann man an einer Abendschule lernen, wie man ein guter Abend wird?

Fussball

Sepp Herbergers berühmter Spruch „Nach dem Spiel ist vor dem Spiel" trifft hundertprozentig auf Halma zu. Da stehen die Figuren schon wieder richtig für das nächste Spiel.

Seit im Fussball bei Stürmern die torlose Zeit in Minuten angegeben wird (...Bierhoff seit 700 Min ohne Tor, das hat bisher nur Kahn geschafft...) sehen die Jungs ganz schön alt aus!

Nur im Fussball kann ein intelligenter erwachsener Mensch den Satz „Wir müssen nach vorne spielen" als ernsthaftes Statement abgeben. Nur marginal weniger bedeutungsschwer sind Sätze wie: „Unser Ziel war ein schnelles Tor, und das hat auch geklappt, leider war es ein Gegentor!"

Fussball

Während der Fussball WM läuft meine Frau zu Hause nur noch in einem Nummertrikot herum, sonst würde ich sie gar nicht mehr wahrnehmen. Neulich hat sie mir vorgeworfen, dass ich Fussball mehr liebe als sie. Da habe ich gesagt: Das kann sein, aber ich liebe dich mehr als Tischtennis.

Das Team erinnert an Stonehenge: Sie sind alt, bewegen sich nicht und niemand weiss genau, warum sie in dieser Formation aufgestellt wurden.

Warum wird eigentlich jedesmal, wenn ein Pass ausnahmsweise dort ankommt, wo er hinsollte, gleich von einem Traumpass gesprochen?

Manchmal wünsche ich mir, Fussball wäre nur ein Spiel.

Gastronomie

Warum dauert in Lokalen, in denen nichts los ist, alles etwas länger? Ich habe da eine Theorie: Weil der Koch bei jeder Bestellung wiederbelebt werden muss!

Je eiliger man es hat, desto heisser wird das Essen serviert!

Warum servieren Kellner, wenn zwei Gäste unterschiedliche Getränke bestellt haben, grundsätzlich falsch rum? Die Zufallswahrscheinlichkeit beträgt ja immerhin 50%! Und wie schaffen sie es, wenn sich zwei Gäste etwas witziges erzählen, genau vor der Pointe dazwischenzuplatzen?

„Herr Ober, gibt es auch halbe Portionen?"
„Selbstverständlich, der Preis ist allerdings der gleiche!"

Gastronomie

Ich habe dem Wirt erklärt, wie er durch einen simplen Trick mehr Bier verkaufen könnte: Besser einschenken!

Die beiden grössten Fortschritte in der Gastronomie in den letzten Jahren: Stehtische und Weingläser ohne Eichstrich! Warum ist man da nicht früher darauf gekommen?

Schweizer sind sehr zurückhaltend, wenn sie sich beschweren. Falls ihnen bei McDonalds die Chicken McNuggets nicht schmecken, brüllen sie nicht „Diese Nuggets schmecken Scheisse!" durchs Lokal, sondern sie fragen den Geschäftsführer ganz diskret: „Sind Sie sicher, dass diese köstlichen Nuggets volle 24 Stunden in ihrer nach einem alten indianischen Geheimrezept zubereiteten Spezialmarinade eingelegt waren?"

Gesichtsausdruck

Schon mal aufgefallen, dass es zu wenig Worte gibt für Gesichtsausdrücke? „Er schaut recht bled" ist einfach eine unzureichende Umschreibung für das typische Gschau eines Österreichers! Und wie charakterisiert man den Gesichtsausdruck von jemandem, der eine rote Fussgängerampel missachtet (weil weit und breit kein Auto zu sehen ist) und auf ein Phalanx genetisch Angepasster zugeht, die nur im äußersten Notfall einen Regelverstoß in Betracht ziehen würden?

Ich fordere Ausdrücke für den Gesichtsausdruck

- eines Kellners, dem man anmerkt, dass man mit der Bestellung gerade erheblich unter dem durchschnittlichen Bestellwert geblieben ist (passiert relativ häufig beim Edelitaliener)

Gesichtsausdruck

- eines Bankkassiers, der beim Nachzählen meiner Gage jeden einzelnen Schein (also jeden Zwanziger) um mindestens eine Achse drehen muss

- eines Hundebesitzers, wenn ihm sein Hund auf Anhieb gehorcht hat (vergleichbar mit Ottfried Fischer nach einer gelungenen Pointe)

- von Leuten, die gebeten werden, in einem vollen Lokal ihren Mantel von einem Stuhl wegzuräumen

- eines Dicken auf Diät, der ein Stück Sahnetorte anstarrt

- von jemandem, der gerade aus einem Reisebüro herauskommt, in dem er eine 90-tägige Weltreise gebucht hat

Glück

Perfekt:

- sich im schweissnassen Körper seiner Geliebten spiegeln zu können

Gross:

- eine Rundtour mit dem Fahrrad, bei der man ununterbrochen Rückenwind hat

Klein:

- den Fernseher aus Langeweile einzuschalten und genau den Beginn des Elfmeterschiessens bei einem Weltmeisterschaftsendspiel zu erwischen (fällt eigentlich schon unter „Gross")

- wenn im Fitnessstudio ein Gerät vom Vorgänger genau mit meinen Einstellungen hinterlassen wurde

- wenn ich eine Schiebetür nur anhauchen muss und sie gleitet lautlos dahin (d.h. Glück ist ein Präzisionskugellager)

Hotel

Die Handtücher waren so flauschig, ich habe bei der Abreise den Koffer fast nicht zugekriegt.

„Was ist das beste Hotel in Eggenfelden?" „Die Post!" „Sind Sie da schon einmal abgestiegen?" „Nein, aber in allen andern!"

„Was kostet das Zimmer für eine Woche?" „Das kann ich Ihnen nicht sagen, so lange ist noch niemand geblieben!"

Das Hotel war sehr vornehm. Die Liftboys hatten zwei Uniformen, eine für aufwärts und eine für abwärts!

Gute alte Zeit

- als der VW Käfer noch ein geteiltes Heckfenster hatte und man beim Schalten Zwischengas geben musste

- als man noch erbittert über das optimale Auflagegewicht von Plattenspieler-Tonarmen gestritten hat

- als man noch nicht ständig von ph- und Cholesterinwerten gefaselt hat

- als Schiedsrichterassistenten noch Linienrichter hiessen und das ganze Trio in sommerlicher Trauerkleidung auf den Platz lief

- als man nicht ständig Angst haben musste, dass einem das Fahrrad geklaut wurde (hauptsächlich weil keine Sau Fahrrad fuhr)

Gute alte Zeit

- als man noch hocherhobenen Hauptes Zigaretten kaufen konnte, dafür Kondome nur hinter vorgehaltener Hand

- als ein jugendlicher Delinquent noch ein Junge war, der ein Buch zu spät in die Bibliothek zurückgebracht hat

- als Songs am Schluss einen Halbton höher gespielt wurden und das eine irre Steigerung war

- als auf Visitenkarten maximal zwei Telefonnummern standen

- als Brillenträger in der Schule zumindest in den unteren Klassen noch Aussenseiter waren

Übrigens: Heute ist die gute alte Zeit, von der wir in 20 Jahren reden werden, als Fahrräder nur 21 Gänge hatten und als man sich noch über jeden ausgelaufenen Öltanker aufgeregt hat!

Humor

Ich werde immer wieder gefragt, d.h. gelegentlich, also es ist schon mal vorgekommen, dass ich gefragt wurde: Kann man Humor lernen? Die gute Nachricht: Ja, man kann! Die schlechte: Es kostet ein Schweinegeld!

Die entscheidende Frage lautet: Womit bringt man Menschen zum lachen? Ich habe darauf eine verblüffend einfache Antwort gefunden: Am besten mit etwas Lustigem!

Nein, im Ernst, es gibt ein paar Techniken, die man sich mit etwas Geduld draufschaffen kann:

1. Die Filserbrieftechnik:

„Now it goes on the inmade" = „jetzt gehts ans Eingemachte" oder „ladylike" = „dämlich".
Vorteil: diese an Komik kaum zu überbietende Technik kann von jedem Besitzer eines Deutsch - Englischen Wörterbuchs nach wenigen Jahren beherrscht werden.

Humor

2. Logisch korrekte, aber unerwartete Wendungen

- Heute ging ich an einem Haus vorbei, als ein Ziegel vom Dach fiel und meine Schulter nur um eine Handbreite verfehlt hat. Er ist mir genau auf den Kopf gefallen.

- Ich bin gestern von einer 5 m hohen Leiter gefallen, gottlob stand ich auf der untersten Sprosse.

- Ich bringe meiner Frau jeden morgen den Kaffee im Pyjama ans Bett, sie muss ihn nur noch mahlen. Neulich hat sie gemeint, im Pyjama sei unhygienisch.

- „Dieter Bohlen ist entführt worden!" „Wie hoch ist die Forderung?" „Drei Millionen, sonst lassen sie ihn wieder frei!"

Humor

3. Wortspiele

Es wurde einmal gesagt, dass die Welt erst erlöst sein wird, wenn alle denkbaren Wortspiele gebildet worden sind. Seit längerem ist ein Heer von Journalisten, Komikern und Werbeleuten dabei, uns diesem Ziel näher zu bringen. Deshalb nur eine ganz kleine Auswahl:
- Öffnet die Herzen, herzet die Öffnungen!
- Mehudi Yenuhin, Wenstantin Kocker, Piccolo Naganini
- Hart an der Scherzgrenze
- Sie fühlt sich auf den Schlitz getreten

4. Widersprüchliche Aussagen:

- Gastgeber zum Gast: Nehmen Sie ruhig noch eine sechste Scheibe, wir zählen nicht mit!
- Ich verstehe absolut nichts von Hunden, ich könnte nicht einmal einen Airdaleterrier von einem Gordonsetter unterscheiden.

Humor

5. Pleonastische Nonsens-Statements:

- Jeder 3. Homosexuelle ist schwul!
- Als er starb, war er sofort tot
- überflüssiger Pleonasmus
- Ich weiss jetzt, wie ich mir Texte merken kann: ich lerne sie auswendig

6. Ehefrauenwitze (Bei dieser Kategorie ist Vorsicht geboten, sie ist einfach nicht mehr zeitgemäss):

„Liebling, macht das Kleid mich dick?" „Nein Schatz, dein Hintern macht dich dick!" Sie hatte nun mal eine VW Käfer Figur: Das ganze Gewicht im Heck!

Ich wollte ihr zum Muttertag ein Taschentuch schenken. Aber es gab keine Übergrössen.

Kindheit

Wenn ich meinen Eltern glauben darf, habe ich ziemlich spät angefangen, zu sprechen, allerdings mit einer erstaunlichen Eloquenz. Meine ersten Worte waren angeblich: Also wie gesagt....

Ich bin dann ziemlich schnell gewachsen, auf den Fotos aus der Zeit bin ich nämlich immer ziemlich unscharf.

In der Schule war ich meinen Klassenkameraden meistens voraus: Ich war immer zwei Jahre älter. Bis meine Eltern dann ein Einsehen hatten und mich auf ein Internat in Österreich geschickt haben. Da war ich dann immer der Jüngste. Da war alles viel einfacher: Die Multiple Choice Fragebögen z.B. hatten immer nur ein Kästchen pro Frage. Dafür hatten es die Fragen in sich!

Kindheit

Später kam ich dann an eine Waldorfschule. Soviel ich weiss, bin ich das einzige Kind, das an einer Waldorfschule verprügelt wurde... von den Lehrern!

Ein schönes Beispiel für die alte Weisheit „Das Gegenteil von gut ist gut gemeint": Immer wenn wir Kinder fest eingeschlafen waren, kam Vater, um uns richtig zuzudecken. Dabei hat er uns die Decke so weit über die Ohren gezogen, dass wir dabei schon allein aus Luftmangel garantiert aufgewacht sind.

So unglaubwürdig das heute klingen mag: ich war kein attraktives Baby. Wenn meine Mutter mit mir spazieren ging, hat sie immer nur Komplimente für den Kinderwagen bekommen.

Ich musste immer die Klamotten meiner Schwester auftragen. Ich war der einzige Junge in der Schule mit rosa Jeans und dem Reisverschluss hinten.

Kino

Kino wird durch Film erst schön.

Warum sind Filme umso schlechter, je mehr Helikopter darin vorkommen?

Es war ein sehr bewegender Film. Ein Grossteil des Publikums ist in der ersten halben Stunde aufgestanden und gegangen.

Ich bin neulich im Kino beim Gang auf die Toilette fast überfahren worden. Es war im Autokino.

Der Film war irgendwie zusammenhangslos. Gut, ich bin zwischendurch mehrmals eingeschlafen.

Mehr ist mir zu diesem Stichwort nicht eingefallen, aber ich wollte vermeiden, dass diese Doppelseite völlig rechtslastig wird.

Kochen

Es ist bekannt, dass das Vortäuschen von Kochkunst unter Verwendung exotischer Ingredienzien die Eroberung von Frauenherzen beträchtlich beschleunigt, weil Frauen instinktiv spüren, dass ein Mann, der gut kocht, auch ein guter Liebhaber ist. Der Umkehrschluss ist nicht zwingend, sonst müsste ich ein Wahnsinnskoch sein.

Natürlich wäre es toll, wenn eine Achtzehnjährige auch nach dem Probieren meiner Spaghettisauce sagen würde: „Wow!" Einmal wollte ich es wissen. Ich hatte mir sagen lassen, dass das Geheimnis die vierstündige Kochzeit sei. Leider habe ich das auf die Spaghetti bezogen. Dafür war die Sauce al dente!

Mein Freund Hans-Ueli kocht ab und zu für sich und seine Frau, nur so zum Spass. Vorsichtshalber reserviert er immer zwei Plätze beim Italiener an der Ecke. Er konnte bis vor kurzem nämlich nicht einmal Wasser kochen, ohne dass es klumpte.

Kommunikation

Ich bin ein sehr guter Zuhörer. Das gibt mir Gelegenheit, über etwas anderes nachzudenken. Ausser wenn mein Gesprächspartner über mich spricht. Da bin ich wie jeder Künstler ganz Ohr.

Ich bin auch sehr höflich. Ich würde nie jemandem ins Wort fallen. Ich warte immer, bis ich sehe, dass sich seine Lippen nicht mehr bewegen.

Peinlich wird es immer, wenn der Gesprächspartner nach einer kurzen Unterbrechung, im Lokal z.B. durch den Kellner, frägt: „Wo war ich gerade?" und ich es natürlich auch nicht weiss. Ich frage dann immer: „Sag mal, passiert dir das öfter?"

Loser

Ein Loser ist jemand, der

- während des Indian Summer nach Amerika fliegt, um die Ahornwälder in New England zu fotografieren, und hinterher feststellt, dass er versehentlich einen Schwarzweissfilm eingelegt hat

- auch in seinen Träumen verliert

- an einer Steilküste beim Suchen nach einer guten Stelle zum Runterspringen ausrutscht und sich dadurch vorzeitig verabschiedet

- sogar beim Joggen Unglückshormone ausschüttet

- jedesmal, wenn er in ein nobles Hotel reinkommt, gefragt wird: „Sind Sie das Taxi?" Und im Lift vom Liftboy: „Keller?"

Mann und Frau

Frauen haben Träume, Männer haben Phantasien, und nur wer diesen Unterschied begriffen hat, kann eine halbwegs erfolgreiche heterosexuelle Beziehung führen.

Es gibt zwei Arten von „Mhm": das männliche, knappe, abgehackte, das soviel bedeutet wie: Komm auf den Punkt! (auf bayrisch: Red ned, sog!) und das weibliche: gedehnt, fast melodisch, i.d.R. in Kombination mit einem leichten Schürzen der Lippen, das übersetzt heisst: Du, das ist wahnsinnig interessant, ich kann mich ja so gut in diese Situation hineinversetzen!

Routinesex: Wenn er eine halbherzige Sexoffensive mangels positiver Reaktion abbricht, wird er doppelt belohnt: sie hält ihn für rücksichtsvoll, nicht ahnend, wie froh er ist, seinen Krimi weiterlesen zu können.

Mann und Frau

Leider haben Männer und Frauen hauptsächlich die Unsitten voneinander übernommen: Männer kaufen Kosmetik und lassen sich liften, Frauen machen Body Building und futtern Steroide. Trotzdem wage ich die Prognose: Auch in 100 Jahren wird bezüglich der Abstellfläche im Bad ein Ungleichgewicht bestehen.

In einer Zweierbeziehung sind halbwegs synchrone sexuelle Bedürfnisse hilfreich. Der klassische Interessenkonflikt „Er will, sie nicht" wird nur noch übertroffen von „Sie will immer, er eher selten". Wenn zu diesem Ungleichgewicht noch ein IQ-Gefälle – diesmal in umgekehrter Richtung – hinzukommt, ist das Fiasko vorprogrammiert, denn dumm fickt vielleicht gut, aber intelligent fickt besser!

Frauen sind das einzige Geschlecht, das uns Männer zumindest vorübergehend von den quälenden Schuldgefühlen erlösen kann, die uns nach dem Onanieren das Leben zur Hölle machen.

Mann und Frau

Eines können die Frauen uns Männern nie wegnehmen: Wir sterben früher.

Ein Mann kann noch so eine unsensible egoistische Pfeife sein, er wird trotzdem geheiratet, und nicht etwa, weil er darauf drängt.

Eine Bekanntschaftsannonce, die vielen Männern Hoffnung geben könnte: Karrierefrau mit knapper Freizeit sucht Mann, der schnell kommt.

Wir kannten uns gerade sechs Wochen, als sie schon die drei Worte sprach, die Paare zusammenschweissen: „Ich bin schwanger!"

Die Emanzipation der Frau wird man erst dann als erfolgreich bezeichnen können, wenn Männer Pumps tragen.

Musik

Warum heisst Heavy Metal so? Weil der Sänger immer so klingt, als ob ihm gerade ein Amboss auf den Fuss gefallen ist!

Manchmal frage ich mich, wie Bach bei seinen siebzehn Kindern noch zum Komponieren kam. Ich meine, bis er denen allen das Fahrradfahren beigebracht hatte! Damals gab es ja noch keine Stützräder!

Was mich früher an Mozart am meisten fasziniert hat: Er hat 32 Klavierkonzerte komponiert, und jedes passte genau auf die Seite einer Langspielplatte, ausser dem Es-Dur Konzert, das hatte einen kleinen Überschwapser auf die Rückseite, dafür war das nächste etwas kürzer.

Wie merkt man eigentlich, dass ein Dudelsack (= missing link zwischen Lärm und Musik) verstimmt ist?

Neurotisch

Ich bin der Typ, dessen erster Gedanke nach der Mitteilung, dass er den Nobelpreis für Literatur gewonnen hat, wäre: Hoffentlich finde ich vor der Verleihung einen Parkplatz in der Nähe.

Ich habe eine panische Angst, dass ich zwischen der Zeitumstellung im Frühjahr, bei der man eine Stunde verliert, und der im Herbst, bei der man sie wieder gewinnt, sterbe.

Wenn ich beim Schreiben am Computer etwas ändern muss, lösche ich nur soviele Buchstaben wie unbedingt nötig, auch wenn das länger dauert als die Passage neu zu schreiben. Anschliessend beschäftigt mich in fast zwangsneurotischer Weise die Frage, wieviel ich damit zur Schonung der globalen Ressourcen beigetragen habe!

Neurotisch

Ich habe extreme Höhenangst. Mir wird schon schwindlig, wenn ich am Rand eines Teppichs stehe oder wenn ich eine Luftpostmarke ablecke.

Ich kann einfach niemanden entlassen. Ich bitte den Betreffenden dann immer in mein Büro, entschuldige mich kurz und ziehe dann mit der ganzen Firma um.

Ich habe meinem Thearpeuten erzählt, dass ich oft ohne Grund traurig sei. Da hat er gemeint: Na wenn das kein Grund ist, traurig zu sein!

Ich bin einfach nicht belastbar. Ich werde schon nervös, wenn ich bei einer 10er-Streifenkarte eine ungerade Anzahl an Streifen entwertet habe.

Oralsex

Cunnilingus ist kein Honigschlecken! Für die Nichtlateiner: Cunnilingus bedeutet, mit der Zunge zwischen zwei Lippen entlang zu gleiten, und zwar nicht hin und her, sondern auf und ab. Der wahre Könner ist daran erkennbar, dass er dabei fast unmerklich den Kopf schüttelt, also unmerklich für den zufälligen Betrachter, nicht etwa für die Cunnilinguierte (für diese ist es das Vibrieren, das zum grossen Beben führt).

Das Schöne am Fellatio ist, dass man beide Hände frei hat (es sei denn, man gehört zu den Typen, die sich im Haar der Partnerin festkrallen, um den Rhythmus vorzugeben), um z.B. ein Handy zu bedienen. Auf der Benimmskala rangiert so was natürlich ganz unten. In etwa auf einer Stufe mit dem Telefonieren während eines Schachspiels, wenn sich der Gegener gerade auf den nächsten Zug konzentriert. Gut, hier endet wohl die Analogie...

Parties

„Wie war die Party?" „Wie soll ich sagen? Die Stimmung war so ähnlich, wie wenn zwei Grüppchen nach einem harmlosen Autounfall schweigend auf dem Mittelstreifen auf die Polizei warten!" „Warum bist du nicht gegangen?" „Das ging nicht, ich war der Gastgeber!"

Er kann jede Party in Stimmung bringen. Indem er sie verlässt.

Warum will bei Paaren der eine immer dann gehen, wenn der andere gerade anfängt, sich zu amüsieren? Und egal, wie lang der Heimweg ist, er reicht selten aus, um die Frage, wer wann warum nicht gehen wollte, zu Ende zu diskutieren.

Eine Party, bei der Männer und Frauen gleichermassen auf ihre Rechnung kommen: Eine Tupperware-Orgie.

Porno

Der Unterschied zwischen Softporno und Hardcore? Ein Softporno ist wie ein Obatzter ohne Zwiebel!

2. Versuch: Softporno ist wie Hardcore hinter einer Milchglasscheibe!

Pornos sind wie Fussballspiele. Man muss sich sehr viel langweiliges Mittelfeldgeplänkel anschauen für ein paar spannende Lattenschüsse. Auch zu Westernfilmen gibt es Parallelen: Ständig wird geballert, aber man sieht nie, wie nachgeladen wird.

Warum sind von den vier Programmen im Pay-TV von Hotels eigentlich immer zwei normale Spielfilme dabei? Den Hotelgast, der nachts um 1.00 Uhr leicht angetrunken auf das Zimmer kommt und es sich mit einem Piccolo aus der Minibar gemütlich macht, um sich „Out of Africa" anzuschauen, möchte ich sehen!

Prognosen

Nach mehreren abgebrochenen Aufbaustudien – in Psychologie, Soziologie und BWL – bin ich in einem Institut für Konjunkturforschung untergekommen. Meine Zuständigkeit waren Konjunkturprognosen. Ich habe da ein sehr interessantes Simulationsmodell entwickelt: Eine Münze hochwerfen, auffangen und eine Prognose abgeben! Meinem Chef war die Methode allerdings nicht wissenschaftlich genug. Er fand, ein Wurf sei nicht repräsentativ!

Die einzige Prognose, die ich für das Jahr 2500 wagen würde: Wenn es noch Menschen geben wird, wird es auch noch Fahrräder geben.

Es kann nicht mit Sicherheit vorausgesagt werden, ob in den nächsten zehn Jahren der durchschnittliche IQ in Österreich steigt, sinkt oder gleichbleibt. Mit Sicherheit kann jedoch gesagt werden, dass einer dieser drei Fälle eintreten wird.

Pubertät

Jungs: Die dreijährige Dauerlattenphase, während der sie ausnahmsweise nicht von einer Frau (Mutter, dann Freundin, später Ehefrau) dominiert werden, sondern nur von ihren Hormonen. Im Idealfall erfolgt der Übergang von der Eigenliebe zur Nächstenliebe.

Mädchen: Die Phase, in der sie gleichzeitig die Toilette und das schnurlose Telefon blockieren (unsere Nachbarn haben zwei Töchter in dem Alter; die Eltern klingeln dauernd, um unsere Toilette und/oder unser Telefon zu benutzen)

Die letzte Phase im Leben, in der man sich freut, wenn es am Telefon heisst: Für Dich!

Als ich 15 war, hat mein Vater zu mir gesagt, dass ich jetzt tun kann, was ich will. Da habe ich ihn rausgeschmissen.

Schon mal aufgefallen

Schon mal aufgefallen...

- dass es keine motivierten Leute mehr gibt, sondern nur noch hochmotivierte?

- dass Leute, die Kishon mögen, auch die drei Tenöre mögen?

- dass Frauen mit Lesebrille irgendwie bescheuert aussehen, Männer jedoch geringfügig intelligenter?

- dass Taxifahrer sich erstaunlich blöd anstellen beim rückwärts einparken?

- wie schnell eine Ampel auf grün umschaltet, wenn man etwas im Handschuhfach sucht?

- dass der Handlauf bei Rolltreppen immer etwas schneller läuft als die Treppe

- um wieviel appetitlicher Grillwürstchen nach dem Grillen aussehen als wenn man sie aus dem Glas nimmt?

Schüchtern

Wenn ich merke, dass in der U-Bahn der mir Gegenübersitzende die Rückseite meiner Zeitung mit grossem Interesse liest, fahre ich manchmal soweit, bis er fertig ist.

Ich hasse Gruppenkonversationen. Immer, wenn ich es schaffe, mich mit einem mühsam zurechtgelegten Beitrag in das Gespräch einzuschalten, kreist es bereits um ein anderes Thema.

Im Vergleich zu mir müsste man einen Wachtturmverkäufer als aggressiv bezeichnen.

Ich reise immer mit Stativ und Selbstauslöser, weil ich mich nicht traue, jemanden anzusprechen und zu bitten, mich zu knipsen.

Schüchtern

Ich frage mich, ob es andern auch so geht, dass sie Hemmungen haben, jemandem nach dem Weg zu fragen und dann doch in eine andere Richtung zu gehen (sei es, weil man der Auskunft nicht traut oder noch etwas anderes erledigen muss)?

Oder dass man beim Kauf einer Wurstsemmel in einer Metzgerei nicht wagt, zur Verkäuferin an der Schneidemaschine „Stopp" zu sagen, wenn sich die Salami kontinuierlich zu einem Riesenturm aufstapelt, sondern lieber in der Bäckerei nebenan noch eine Semmel dazukauft.

Ich lasse mich beim Bahnfahren immer ungern in ein Gepräch verwickeln, weil es mir unangenehm ist, zum Lesen überzugehen, solange der Gesprächspartner noch mitteilungsbedürftig ist.

Seitensprung

Ich war meiner Frau schon oft treu!

Warnsignale: wenn der Partner den Anrufbeantworter nur noch mit Kopfhörer abhört.

Mein Tip an verheiratete Männer mit einer Geliebten, die sie alibitechnisch nur einmal pro Woche besuchen können: Am besten am Tag vor der Müllabfuhr, dann können Sie beim Gehen den Müll mit runter nehmen. Das verleiht der Beziehung in den Augen der Frau einen Hauch von Normalität, und das wird belohnt!

Absolut tabu: Im eigenen Ehebett fremdgehen, zumindest nicht, wenn die Frau zuhause ist.

Wenn Treue Spass macht, ist es Liebe!

Seitensprung

Das wichtigste in einer Beziehung ist Ehrlichkeit. Wenn du das vortäuschen kannst, ist alles bestens.

Meine Frau und ich haben eine Vereinbarung: Keiner darf den andern anlügen, aber man muss dem andern nicht alles erzählen. Das hat 25 Jahre lang wunderbar funktioniert. Gut, ich bohre nicht nach, wenn sie regelmässig Kondome in den Fitnessclub mitnimmt...

Eisernes Gesetz: Nie zu Hause Sexpraktiken ausprobieren, die man in einem fremden Bett gelernt hat. Jede Ehefrau wird misstrauisch, wenn er plötzlich mit einem Trapez nach Hause kommt und es mit 8er Dübeln über dem Bett montiert. Ausserdem: so ein Ding löst Dir kein Nachmieter ab, und wenn, höchstens für'n Appel und ein Ei.

Seltsam

Seltsam, je älter das Foto, desto jünger sieht man aus!

Seltsam, je länger die Lücke am Strassenrand, desto blöder stellt man sich beim rückwärts einparken an!

Seltsam, daß eine CD zu Hause nie so gut klingt, wie im Laden. Und daß der achte Titel meistens der Beste ist (ob da die Freimaurer ihre Finger im Spiel haben?).

Seltsam, je größer das Auto, desto kleiner der Wendekreis! (Hä? Wie ist das jetzt gemeint? Ganz einfach: Es ist eine Metapher für die Ungerechtigkeit der Welt: Wer sich einen dicken Schlitten leisten kann, ist dank überlegener Radeinschlagwinkeltechnologie erheblich wendiger als der Fahrer einer Ente).

Sex (Schweiz)

In der Schweiz wird das Wort Beischlaf noch wörtlich genommen, nach dem Motto: „Was weckst du mich extra auf, du weisst doch, wo alles liegt?" oder „Gestern Nacht habe ich es meiner Frau wieder einmal richtig besorgt. Da hat nicht viel gefehlt und sie wäre aufgewacht!"

Das führt dann zu interessanten postcoitalen Gesprächen (i.d.R. beim Frühstück): „Hast Du wieder simuliert heute Nacht?" „Nein, heute Nacht habe ich wirklich geschlafen!"

Tatsache ist, dass Schweizerinnen zur Passivität neigen; natürlich gibt es Ausnahmen, ein Freund von mir hatte einmal Sex mit einer Schweizerin, die hat gleichzeitig gestrickt.

Sparsam

An jedem Klischee ist etwas dran! Ich habe kürzlich einen Veranstalter in Stuttgart angerufen. Da war die Frau dran und sagte mir, dass ihr Mann gerade in der Badewanne sei, aber er würde mich zurückrufen. Wie meine Nummer wäre? „089 für München..." „Was? München? Dann hole ich ihn!"

Wenn das Essen im Lokal schmeckt, dann haben Schwaben nichts gegen schlechten Service, weil sie dann einen Grund haben, kein Trinkgeld zu geben.

Der Schwabe reist grundsätzlich mit Alufolie, damit er im Hotel beim Frühstück ordentlich was einpacken kann. Gut, das tut der Schweizer auch, der hat allerdings eine ganze Rolle dabei, der Schwabe streicht sein Stück immer wieder glatt.

Sparsam

Klage eines Schotten: Nie kriege ich meinen Tee so, wie ich ihn mag. Zu Hause nehme ich einen Zucker, wenn ich eingeladen bin drei, und am liebsten trinke ich ihn mit zwei!

In Schottland wird die Speisekarte von rechts nach links gelesen.

Warum essen die Schotten jeden Freitag Fischsuppe? Weil sie am Freitag das Wasser vom Aquarium wechseln.

Dass man in Schottland auf Parties den Whisky selber mitbringen muss, ist ja noch irgendwie einzusehen, aber das Eis?

Sport

Wenn ich Tennis spiele, sieht das aus, als ob ich versuche, Schmetterlinge zu fangen.

Das Gefährlichste beim Skifahren: Nach dem dritten Jagertee auf der Hütte in den Skistiefeln die Treppe zur Toilette runter zu gehen!

Den olympischen Sport „Gehen" kann man nicht unbedingt als sexy bezeichnen. Man könnte ihn aber zumindest bei den Damen ziemlich aufwerten, wenn das Tragen von Stöckelschuhen und zwei Liebeskugeln vorgeschrieben wäre.

Ich bin früher jeden Tag 10 km gejoggt. Jetzt nur noch 5 km, ich habe nämlich eine Abkürzung gefunden.

Superman

Er ist, wie soll ich sagen, hauptsächlich verkappt:

Er ist die Personifizierung, um nicht zu sagen die Steigerung von Murphy's Gesetz: Bei ihm geht sogar das schief, was eigentlich nicht schief gehen kann!

Er sieht aus wie das Produkt von 10 Jahren Eigenurintherapie.

Er ist sehr bescheiden, und er hat allen Grund dazu.

Man kann ihn nicht direkt als charismatisch bezeichnen, er hat es sogar geschafft, auf der Intensivstation von den Schwestern übersehen zu werden (als einziger Patient).

Er dürfte der Jüngste in seiner Familie sein. Danach ist es seinen Eltern bestimmt vergangen.

Telefonieren

Das unauflösbare Grunddilemma des Telefonierens ist die unterschiedliche Gesprächsbereitschaft an beiden Enden der Leitung. Beispiel: Der Anrufer liegt gemütlich auf dem Sofa beim Zappen (ohne Ton - soviel Kinderstube hat er), der Angerufene ist gerade dabei, einen Zimmerbrand zu ersticken, traut sich aber zunächst nicht, das zu sagen („Schön, dass du anrufst .... Hustenanfall ..... ich muss leider auflegen, der Hörer fängt gerade an zu schmelzen..").

Daraus ergibt sich eine Vielzahl potentieller Irritationen:

- Leute, die sich nicht mit Namen melden, sondern z.B. mit einem muffigen „Ja bitte?", ganz zu schweigen von „Und?" (in Bayern nicht selten) oder „Was gibts?"

- Leute, die beim Telefonieren essen (speziell, wenn es der Anrufer ist) und dann beim Buchstabieren für jeden Buchstaben ein ganzes Wort verwenden.

Telefonieren

- Anrufbeantworter, die sich erst nach zehnmaligem Klingeln einschalten und dann nach acht Takten Musik, gefolgt von einer endlosen „originellen" Ansage sowie einer längeren Pause vor dem Signalton (...habe ich den vielleicht überhört?) den Anrufer nach 15 Sekunden Sprechzeit mit einem „Vielen Dank für Ihren Anruf!" mitten im Satz abwürgen!

- man ruft einen Bekannten an, um ihm kurz etwas zu hinterlassen (zu einer Zeit, zu der normalerweise nur der Anrufbeantworter erreichbar ist), und er meldet sich persönlich mit: „Klasse, dass du anrufst, Ulla möchte sich scheiden lassen, da kannst du mir sicher kurz den Versorgungsausgleich erklären."

- Leute, die nach einer endlos langen Mitteilung auf dem Anrufbeantworter ihre Nummer so schnell runternuscheln, dass man die ganze Litanei noch dreimal abhören muss, um die Nummer in mehreren möglichen Versionen akustisch zu entziffern.

Telefonieren

Ausserdem gibt es viele Rätsel:

- Warum haben die meisten Leute immer etwas zum Rascheln, aber nichts zum Schreiben am Telefon? Und wenn, handelt es sich um einen ausgetrockneten Kugelschreiber oder einen stumpfen Bleistift mit Härtegrad H6.

- Warum ist beim Telefonieren eigentlich nie besetzt, wenn man sich verwählt hat?

- Warum wird telefonieren immer billiger, aber die Rechnung bleibt immer gleich hoch?

- Warum ist die Telefonschnur eigentlich immer verdreht? Ich mache doch keine Salti, während ich telefoniere!

- Warum ist es fast unmöglich – wenn man vergessen hat, den Anrufbeantworter einzuschalten – ein ausdauernd klingelndes Telefon zu ignorieren?

Telefonieren

Nervig: Die neuen Klingeltöne beim Handy. Allerdings sehe ich die Notwendigkeit ein. Früher, als Handies alle gleich klangen, ist man im Hotel, wo man gerne den Fernseher laufen lässt, oft aus der Dusche gestürzt, wenn im Fernseher ein Handy geklingelt hat.

Woran erkennt man einen echten Freund? Z.B. daran, dass man ihn nach einer fünfstündigen Bypass-Operation auf der Intensivstation anruft und er frägt mit zittriger Stimme: „Was kann ich für Dich tun?" Leider sterben diese Leute aus.

Die gleiche Frage wirkt bei gesunden Freunden, speziell wenn sie geschäftsmässig gleich am Anfang des Gesprächs gestellt wird, eher irritierend.

Ich melde mich übrigens immer mit „Das kannst nur Du sein!" Da freut sich jede(r)!

Vergleiche

Bildhafte Vergleiche schätzt jeder Leser. Hier ein paar Vorschläge:

- ungefähr so hilfreich wie eine Strumpfhose beim Petting, obwohl...

- so überflüssig wie der Schiedsrichter beim Wrestling oder die Handlung in einem Pornofilm

- so unwahrscheinlich wie ein Radler in der Stadt, der nachts das Licht einschaltet

- so selten wie ein holländisches Auto ohne Wohnwagen (zumindest im Sommer)

- so ungewöhnlich wie ein Penner, der alkoholfreies Bier trinkt

- so sinnlos wie ein Paternoster mit Schiebtüren

Verliebt

Verliebtheit ist

- die kurze Phase des Glücks, bis man merkt dass er / sie genau so ein unsensibler Egomane / eine launische Zicke ist wie alle andern auch

- wenn er oder sie immer und überall irgendwie gut riecht

- wenn Treue Spass macht

Am Anfang enden Telefonate meistens mit dem Satz: „Ich dich auch!" Am Schluss dann mit: „Du mich auch!"

Die ersten Anzeichen einer Beziehungskrise sind so ähnlich, wie wenn im Getränkemarkt ein Stammkunde Leergut zurückbringt, ohne etwas Neues zu kaufen.

Warum

Warum

- wird im Ballett immer noch auf den Zehen getanzt? Es gibt doch inzwischen auch grössere TänzerInnen?

- bleiben einem immer die unansehnlichsten und/oder defekten Kugelschreiber erhalten (und wo bleiben die andern, man wirft sie ja nicht direkt weg)?

- hat man immer dann, wenn man etwas Sperriges im Auto transportieren müsste, schon etwas Sperriges drin?

- gibt es so viele indianische Toastermodelle auf dem Markt (= die nur Rauchsignale geben)?

- wirkt ein 10 m Sprungturm von oben wesentlich höher als von unten

Warum

- reissen Schnürsenkel grundsätzlich nur beim Schuhe anziehen?

- hat man in einem Ohr immer etwas mehr Ohrenschmalz als im andern? Ob das mit der Gleichgewichtsaufrechterhaltung, die ja im Ohr stattfindet, zusammenhängt?

- werden mir Handwerker immer empfohlen, kurz bevor sie dem Alkoholismus anheimfallen?

- kann Fishermans Friend nicht eine Packung auf den Markt bringen, bei der nicht ständig lose Dragees in den Taschen herumkullern?

- riechen nur die eigenen Fürze einigermassen akzeptabel (ähnlich verhält es sich übrigens mit Erfolg)?

Zuzibilität

„Zuzibilität" wird abgeleitet von „zuzln", was in Bayern soviel bedeutet wie „sich mit den Lippen unter Vakuumbildung an einem i.d.R. zylindrischen Objekt zu schaffen machen..." bzw. auf englisch „to work for Bill Clinton".

„Auszuzln" ist eine von mehreren "Wie-man-den-Inhalt-einer-Weisswurscht-vom-Häutchen-trennt"-Methoden. Eigentlich handelt es sich um regelrechte Schulen, die sich südlich des Weisswurschtäquators feindlich gegenüberstehen, weil sich jede im Besitz der einzig wahren Methode wähnt.

Zuzibilität

Eine dieser Methoden, der eine gewisse Eleganz nicht abgesprochen werden kann, läuft wie folgt ab: „Weisswurscht-in-der-Mitte-durchschneiden, die-von-der-linken-Hand-geführte-Gabel-in-die-Schnittfläche-der-einen-Hälfte-einführen, dann-mit-dem-von-der-rechten-Hand-gehaltenen-Messer-die-Haut-senkrecht-zur-Schnittfläche-anritzen, die-Wurschthälfte-samt-Gabel-um-180°-drehen-und-das-angeritzte-Stück-Haut-mit-dem-Messer-gegen-den-Tellerboden-drücken (einzwicken)-und-mit-einem-graziösen-360-Schwung-der-linken-Hand-die-Wurschthälfte-dem-Häutchen-entreissen!"

Für eine souveräne Ausführung ist die vorherige Absolvierung einer Gehirnchirurgen- und Aikidoausbildung von Vorteil.

Bisherige Programme

„Gibt es einen speziellen Schweizer Humor und wenn ja warum nicht?"

Ethnokabarett, in dem u.a. die Eigenheiten der Schweizer (...das beste an den Schweizern ist, dass es nur 6 Mio davon gibt!), der Österreicher (...in Österreich haben Multiple-Choice-Fragebögen nur ein Kästchen pro Frage) und der Bayern (...in Bayern gilt ein Kellner bereits als freundlich, wenn er nicht handgreiflich geworden ist) einer vergleichenden Analyse unterzogen werden.

„Die Frau gehört vor den Pflug!"

Gut, man kann da geteilter Meinung sein, aber Frauen wollen doch immer Führungspositionen.

„Die Zuzibilität der Weisswurscht"

Themenschwerpunkt: Die Orientierungslosigkeit der Bayern, die sich in der Häufigkeit des Satzes "Ja wo samma denn?" artikuliert.

Bisherige Programme

„Motherfaxer – ein Schweizer rechnet ab*"

Was ist das besondere an den Deutschen? Ist es ihre grimmige Entschlossenheit bei allem, was sie tun, sei es Bausparen, Kriege verlieren oder Karneval feiern, gepaart mit einer unerfüllbaren Sehnsucht nach Leichtigkeit? Wie weit haben sie sich vom zählebigen Klischee „Humorlose Schnitzelfresser, verbringen das Wochenende im Trainingsanzug beim Mülltrennen und wenn sie zum Buch greifen, ist es ein Schnäppchenführer" entfernt?   * zuzügl. MWSt

„Reif für die Insel"

Dieses Programm entstand nach der Veröffentlichung des gleichnamigen Reisetagebuchs über eine Velotour durch Irland. Dazu Überschall: „Es war sehr praktisch, ich musste es nur abschreiben und auswendig lernen."

„Kleine Geschichte der Sexualität oder Cunnilingus ist kein Honigschlecken".

Wird für das Kabarett das sein, was Woody Allens „Was Sie schon immer über Sex wissen wollten..." fürs Kino war.

Devotionalien

Derzeit oder demnächst erhältlich

- **CDs (DM 30,00 inkl. Versandkosten)**

„Gibt es einen Speziellen Schweizer Humor und wenn ja warum nicht?"

„Die Zuzibilität der Weißwurscht"

- **Bücher**

„Reif für die Insel" (DM 20,00 inkl. Versandkosten)

Weitere Quickiebände sind bereits in Arbeit
(u.a. mit Schwerpunkten „Sex" und „Bayern").

Bestellungen über: www.christian-ueberschall.de
oder per Fax an: 089/448 64 32